KB274822

여섯 개의 관절이 간지럽다

여섯 개의 관절이 간지럽다

초판 1쇄   2013년 12월 20일
지은이   송명숙
펴낸이   김영재
펴낸곳   책만드는집

주소   서울 마포구 합정동 428−49번지 4층 (121−887)
전화   3142−1585·6
팩스   336−8908
전자우편   chaekjip@naver.com
출판등록   1994년 1월 13일 제10−927호
ⓒ 송명숙, 2013

* 이 책은 광명시 문화발전기금을 지원받아 출간되었습니다.
* 이 책의 판권은 저작권자와 책만드는집에 있습니다. 이 책 내용의 전부
  또는 일부를 재사용하려면 양측의 동의를 받아야 합니다.
* 잘못 만들어진 책은 구입하신 서점에서 바꾸어드립니다.
* 책값은 뒤표지에 표시되어 있습니다.

ISBN   978−89−7944−459−9 (04810)
ISBN   978−89−7944−354−7 (세트)

여섯 개의 관절이 간지럽다

책만드는집

| 시인의 말 |

첫 시집을 세상에 내놓고
십 년 만이다.
시를 밖으로 보내는 순간은
언제나 부끄럽다.

층간의 문제를 부추기는
시집이 아니라는 것을
말해야겠다.

기어 다니지 말고
다리를 접으며
계단을 내려가지 말고
문을 두드리지
않기 바란다.

2013년 12월

송명숙

5 · 시인의 말

1부 디지털 도어록

13 · 손님을 구합니다

14 · 디지털 도어록

16 · 햇볕을 훔치다

17 · 주식 튀기기

18 · 신발의 사유

19 · 살린다

20 · 경계를 넘다

22 · 복제 프로젝트

24 · 민방위 훈련

26 · 십자가에 못 박히신 말

27 · 자유를 누리다

28 · 귀뚜라미 장사하는 방법

29 · 유통기한

30 · 생명보험

31 · 소리를 밟다

2부 수족관

35 · 일출

36 · 화투와 이별

38 · 가시 사랑

39 · 열꽃

40 · 수족관

41 · 매실의 배꼽을 떼어주다

42 · 기억 속을 걷다

43 · 명주실

44 · 무쇠솥

45 · 아버지의 틀니

46 · 내 고향 전설

48 · 유배지로 떠나다

50 · 오래된 안방

52 · 여섯 개의 관절이 간지럽다

54 · 도라지꽃이 피었습니다

55 · 바이올린을 모시다

3부 비의 퍼포먼스

59 · 임금님 귀는 당나귀 귀

60 · 우리 동네 가수

62 · 옥수수 할아버지

64 · 비의 퍼포먼스

66 · 음치 탈출, 파도를 타다

67 · 오백 년을 품다

68 · 수박 서리 고백서

70 · 산에도 신호등이 있다

72 · 결혼 방법론

73 · 동백꽃 입을 열다

74 · 겨울 햇볕에 몸을 내주고 싶다

75 · 담배 피우는 CF

76 · 납치 사건

77 · 태풍의 공연

78 · 그대를 향해

4부   동백열차

83 · 장어의 과거

84 · 이름을 불러주었을 때

85 · 소금이 된 박제

86 · 생존 법칙

88 · 동백열차

90 · 사랑 찾기

91 · 목격자를 찾습니다

92 · 막걸리에 대한 예의

93 · 틈을 내어준 이유

94 · 반달곰 가출 사건

97 · 습진

98 · 깁스

99 · 가을 햇볕

100 · 분꽃씨

101 · 싱크대 물이 길을 잃으면

102 · 붕어의 외침

103 · 해설 _ 이승하

제1부

디지털 도어록

손님을 구합니다

진열장에서 무료해진 핸드폰
밖 벗고 나섰다
핸드폰 가게 앞에
사람들 발길 멈추게 하는
문구 붙여놓고
기다린다
손님을 구합니다
통화하고
문자 보내고
카톡서 만나고
게임도 할 수 있고
모든 정보를 드리겠습니다
나를 구해줄 손님을 찾습니다.

디지털 도어록

비밀번호가 입력된 현관문 카드
디지털 도어록은 카드를 대면 묻지도 따지지도 않고
제 몸을 내준다
카드는 수시로 디지털 도어록에 대고
소리 없는 명령을 내린다
디리리 소리로 대답하는 디지털 도어록
비밀번호로 통하는 디지털 도어록과 카드
도어록이 고장 나서 거부하기 전에는
명령하는 입장과
명을 받고 대답하는 입장으로 공존한다

오래전부터 여자 몸의 비밀번호를 알고 있는
그는 여자 몸에 카드를 갖다 댄다
번호가 입력되지 않았습니다
고개를 갸우뚱거리며
다시 카드를 대어본다
등록된 비밀번호가 아닙니다
카드를 옷에 문질러본다

차단되었습니다
몸의 비밀번호를 바꾼 여자
바뀐 번호를 모르는 그는
차단되어 들어갈 수 없다.

햇볕을 훔치다

햇볕을 훔친 아스팔트가
하르르 떤다

아스팔트 바닥에 떨어진
햇볕은 쨍쨍 소리를 지르며
한여름 그 안으로
스며들어 간다

햇볕과 열애 중인
아스팔트 위를 밟고 지나가는 사람들
신발에 햇볕이 튄다

더위에 지친 사람들
입은 없고
숨 몰아쉬며
폭염주의보가 해제되기를 기다린다.

주식 튀기기

주식을 컴퓨터에 넣고 튀긴다
부풀며 익어가는 동안
뒤집기도 하고
기름이 모자라면 새로 넣어주고
기름이 튀기면
키친타월로 닦아주며 불 조절을 했다
잠깐 한눈을 파는 동안 까맣게 타버린
주식 튀김
깡통 되었다.

신발의 사유

헬스장에 갈 때 신고 가는 운동화
외출할 때 선택받은 구두
추운 날 종아리를 감싸주는 역할을 맡은 부츠
맡은 역할을 위해 대기하고 있는
신발의 고마움을 한 번이나 느껴보았는가
출퇴근길에 다른 신발과 버무려져 먼지를 쓰고
헐떡이는 신발에게 미안함을 느껴보았나요
지쳐 들어온 신발은 신발장에서 내일을 위해
잠 못 들고 뒤척이고 있어요.

살린다

후미진 골목에
그들이 입에서 쏟아놓은 일용한 양식을
새가 먹고
쥐가 먹고
도시의 보도블록 사이에 자라는
생물이 먹는다
그들이 쏟아낸 것이 도시를 살린다
도시의 생물을 먹여 살리기 위해
그들은 마시고 마신다
골목을 어슬렁거리며.

경계를 넘다

안팎의 경계가 선명한 유리창에
달라붙어 날갯짓하는 파리
열어놓은 창문으로 밖이 훤히 보이는데
나가지 못하고 날갯짓만 한다

유리창에 어슬렁거리는
파리채를 요리조리 잘도 피해 다닌다
화난 파리채의 움직임이 점점 빠르게 움직인다
파리채를 피해 밖으로 나가면 목숨을 부지할 텐데
눈치채지 못하고 제자리만 맴돈다

창밖의 나무들은
이파리를 풀어 헤치고 산발을 하고 있다
바람이 흔들어대도
땅으로 떨어지려는 순간에도
이파리는 단단히 붙어 있다
나뭇가지는 저 혼자 흔들거린다

파리채가 어슬렁거리는 유리창 안
바람 부는 밖
모두가 공포의 세계로 보이는 파리
파리채와 바람의 경계를 넘고 있다.

복제 프로젝트

쇳덩이 기계는 상측과 하측이 만나
부품을 낳는다
상측 붙박이는 하측이 다가오면
하측의 교접을 받아들인다
이십 초 만에 상측은 부품 가루를
하측에게 넣어준다

하측은 끙끙거리며
복제 부품 낳느라고 산고를 치른다
상하측이 분명한 기계의 원리
공장 안은 교접 소리
복제 부품을 낳는 생산의 고통 겪는 신음 소리
철거덕 꿍 철거덕 꿍
휴대전화기 소리도 삼킨다

입력된 숫자에
해제 기능이 입력되지 않는 한
기계는 복제 부품을 끊임없이 생산한다

복제된 부품은 박스에 실려
반도체 회사로 팔려 간다

새로운 프로젝트 복제 기술에 관한
의논이 확실해지고
기계 앞에 있는 모든 부품 가루
복제 대상으로 선정되어 박수 치는 순간
기계 앞에 서성이는 한 사람의 그림자
부품 가루를 들여다보며
복제 대상 될까 두려워
뒷걸음쳐 도망 나간다.

민방위 훈련

완장을 찬 그들이 다가와
호루라기를 불며 압정이 되어 벽에 붙으라고 한다
아기를 태운 유모차
자장면을 배달하던 오토바이와 철가방
병원에 급히 가야 한다고 구시렁거리는 입
벌름거리는 코
자동차 바퀴
시장에 가던 발과 시장바구니
급한 약속이 있는 시간
그림자도 붙는다

가게의 간판도 벽에 붙어 눈치를 살핀다

지금은 실제 상황입니다 안전하게 대피하시기 바라며
모두 벽에 붙으시기 바랍니다

벽에 붙은 코가 숨이 막혀 다리를 버둥거린다
벽을 나갈 궁리를 하는 사람들

벽을 빠져나가려고 발을 떼자
눈치챈 그들이 휘적거리며 다가온다
그림자만 남기고 떠나려던 사람들
벽에 갇혀 포로가 된다

해제 경보를 알립니다
국민 여러분은 업무에 임하시기 바랍니다.

십자가에 못 박히신 말

말씀은 전화기 속으로 들어가 말을 낳습니다
말씀은 컴퓨터 카페 트위스트에 말을 낳습니다
말씀은 부화되어 전화기 속에서 날아다니십니다
말씀은 컴퓨터 안에서도 날아다니십니다
그들의 입을 용서하소서

말씀이 변하여 입 밖으로 나오십니다
말씀은 소금 되어 입안으로 들어가십니다
목이 마르다

입은 저희들끼리 말씀을 나눠 가집니다
말씀은 입이 하는 일을 모르고 있습니다
엘로이 엘로이 레마 사박타니
다 이루었도다.

자유를 누리다

전철 플랫폼에 누워 있는 남자 술에 취해 달게 자고 있다
넥타이는 그의 오른쪽 어깨에 엎어져 있고
구두는 그의 몸을 빠져나와 있다

양복 입은 남자가 그를 흔들었다
깨어나지 않는 그를 넥타이가 흔들거리며 깨웠다
구두는 그가 일어나면 전철을 타려고
그의 옆에 기다리고 있다

간섭받지 않는 곳에서 자유를 누리고 있는
남자 얼굴이
모든 남자들의 자유를 대변하고 있다.

귀뚜라미 장사하는 방법

가을 한철 장사하는 귀뚜라미
날씨 선선할 때
귀뚜르 귀 뚜 르
덧나지 않게 해줍니다
뚜르르 뚜 르 르
여기저기 뛰어다니며
밤에만 장사하는 귀뚜라미

경제가 불황이라 귀뚜라미도
타격이 큰가 보다
장소를 가리고 않고
인가를 찾아 나섰다

아파트 출입구로
베란다로
복도로
거실로

이십삼 층 꼭대기 층까지 올라와 호객 행위를 한다.

유통기한

슈퍼마켓 입구에서
계산 완료라고 쓴 스티커를
비닐봉지에 붙여줬다
비닐봉지를 들고
마트 안으로 들어갔다
통로를 지날 때마다
데려가 주세요 뽑아주세요
깡통 속에서 유통기한 지나면 반품될까 두려워
골뱅이 참치 소리 지른다
선택되지 못해 두려워하는
꽁치 참치의
회사 이름과
유통기한을 확인하고
장바구니에 넣어
슈퍼 밖으로 나왔다.

생명보험

고객님 입원하면 언제든지 꺼내 쓸 수 있는
참 알찬 보험입니다

전화를 붙들고
입에 단내가 나도록 말하며
때론 컴퓨터 계시도 듣는다

고객 말에 비위 맞추며 상품 설명하고
컴퓨터의 계시를 귀 기울여 듣고
고객의 주민등록번호와 인적 사항을
꼼꼼하게 컴퓨터에 입력한다

보험에 가입한 고객의 몸값이
컴퓨터 화면에 뜬다

언제 경매에 넘어갈지 모르는 생명을
백 세까지 생명보험에 저당 잡혀
살아간다.

소리를 밟다

십오 년째 살고 있는 냉장고
질금거리며 수액을 뱉어낸다

냉장고 속의 물건을 꺼내려면
뺏기고 싶지 않아 그르렁 소리를 낸다

달팽이관이 흔들린다
소리를 밟는다.

제2부

수족관

일출

양수를 터트리며
밤새 해산의 진통을 겪는
바다

산고의 고통으로
해를 낳는다

산모의 얼굴을 환하게 만드는
해

밤새 고통으로
일그러진
물결로
아침을 맞이하는
바다.

화투와 이별

생을 마친 옷 한 벌
불꽃 속에서 재 되어
소나무 사이 뚫고
하늘로 올라갔다
화투를 무덤 앞에
묻어놓고
기억 못 한 생각
입안에서 잊어버린 말
맘껏 하시고
이곳에서 알았던 사람들
그곳에서 모두 만나
화투짝 돌리며
광 팔아라 하세요
웅얼거리며
눈물 한 방울 떨어트려
붉은 황토 흙을 다졌다
어머니 생전에 자주 하던
말이 둥그런 무덤 위로 날아오른다

겨울 햇빛은 잠깐 소나무 사이로
비추다가 숨을 거둔다.

가시 사랑

자식에게 생선 살 발라주며
가시만 먹던 어머니는
몸에 있는 살 다 발라주고
가시가 되었다.

열꽃

　어릴 적 몸에 열꽃 핀 나를 어머니는 발가벗겨 아궁이 앞에 앉혀놓고 주문을 외웠다. 그저 삼신할멈 어여삐 여기시고 몸에 난 열을 잡아 가두소서. 부정 탄 나쁜 잡신 거두소서. 빗자루로 내 몸을 쓸어내리며 주문을 외우던 어머니.

　입 벌리고 불을 내뿜는 아궁이 앞에 앉아 영문도 모르고 타오르는 불을 바라보며 온몸을 뒤틀었다. 어머니 뜨거워요. 삼신할멈 몸속으로 열꽃이 들어가야 니가 낫는 거여.

　어머니의 주문은 길고 지루했다. 열꽃은 신기하게 가라앉고 주문을 외우던 어머니는 열꽃과 함께 사라졌다.

수족관

어머니, 왜 비늘을 수족관에 수북이 떨어트렸어요. 애야, 거품 물고 누워 있기가 힘들단다. 겨울이 왔나 보다. 눈이 날리는가 보고 싶구나. 그해 겨울은 유난히 눈이 많이 왔었는데. 어머니, 수족관에 가만히 누워 있어야 돼요. 물 밖으로 나가면 어머니 몸의 비늘이 떨어져 숨 쉬기가 힘들어져요. 눈사람 만들던 때가 그립구나. 밖으로 나가봐야겠다. 어머니는 수족관 밖으로 나가면 다시 돌아올 수 없어요. 눈을 치워야겠다. 잠깐 물 위로 입을 벌리고 뻐끔뻐끔해보세요. 기분이 한결 좋아져요. 애들이 뛰어놀다 미끄러져 넘어질까 겁나는구나. 어머니, 밖으로 나가지 마세요. 수족관에 끈을 달아놓을게 가끔 줄을 당겨 밖을 기웃거려보세요. 아, 눈이 다 녹아버리면 어쩌나. 나가봐야겠다. 어머니, 조심하세요. 수족관 물이 흔들거려 물 밖으로 떨어져요. 시아버지 밥상을 차려야겠다. 넓고 넓은 바닷가에 오막살이 집 한 채 고기 잡는 아버지와 철모르는 딸 있네 내 사랑아 내 사랑아 나의 사랑 클레멘타인 늙은 아비 혼자 두고 영영 어디 갔느냐 내 사랑아 내 사랑아 나의 사랑 클레멘타인 늙은 아비 혼자 두고 영영 어디 갔느냐. 어머니, 그 노래는 이제 지겨워요.

매실의 배꼽을 떼어주다

어미 매실나무에 매달려 살던
매실 탯줄 자르고
배꼽 단 채로 박스에 담겨 배달되었다

탯줄 끊긴 자리에 말라버린 배꼽
건드리면 금방이라도 떨어지겠다

이쑤시개로 배꼽 떼어내고
갓 태어난 아기 다루듯 목욕을 시켰다
배꼽 떨어진 매실 물기를 닦아서
항아리에 매실 한 켜 설탕 한 켜씩 넣고 안치했다

탯줄의 근원인
어머니 어머니의 어머니 어머니의 어머니를
생각하니 배꼽이 간지러웠다.

기억 속을 걷다

어머니는 묵주 들고
성모송 기도 하다가 잊어버리고
한 알 한 알 오십까지 세면서
숫자 기도를 했다

오십 숫자에 갇혀
그 안에 머무른 어머니
숫자로 끝나는
기도 소리는 아프다

어머니는 몸에 펌프를 달고
조금씩 물을 뽑아냈다
숫자 기도 소리조차 하지 못하고
기도를 멈췄다.

명주실

어머니는
누에가 되어
뽕잎만 먹고
한 잠 자고
일어나 껍질 벗고
세 잠 자고
고치 되고
명주실 풀어내고
고치 속에서 번데기의 허물을 벗고
나방이 되어 날아갔다.

무쇠솥

큰 무쇠솥에 불을 지피며
밥을 했던 어머니

어머니 젖가슴 닮은
무쇠솥에 밥물이 흐르면
끼니때마다 밥 한 그릇
무쇠솥에 남겨놓고

젖먹이 어미처럼
배부르게 많이 먹어 몸만 성혀면 여
타지에 있는 자식들 위해
기도하던 어머니

쇠약해져 기도 소리 멈추고
마른 나뭇가지가 된 어머니
부엌에 무쇠솥이
마른 젖가슴만 달고
걸려 있다.

아버지의 틀니

아버지는 틀니를 빼서 물에 헹궈
밥그릇에 넣고
몇 개 남지 않은 이를 닦는다

아버지의 잇몸을 빠져나온 틀니
밥그릇 속에 들어앉아
밖을 내다본다

앙다문 틀니
노름빚 갚지 못해 한숨 쉬는
아버지의 눈빛이다.

내 고향 전설

　　내 고향 우물집에 살던 할머니는 새댁 시절 시집살이 심했단다. 들에 나가 일하고 베틀에 앉아 밤새우고 시집 식구 시중들고 시집살이 심했단다. 얌전했던 새댁은 울화병이 생겨 빨래터 우물 속 들여다보고 욕을 했단다. 새댁은 할머니가 되어서도 욕을 했단다. 할머니는 해 질 녘 저녁밥 지을 때면 집집마다 뜨물 받으러 갔단다. 그럴 때는 욕을 앞세우고 갔단다. 욕은 할머니보다 한발 먼저 갔단다. 그것이 대문을 들어서면 할머니가 뒤따라 나타났단다. 씨팔! 이 집에 아무도 없수? 왜 이리 조용해! 욕이 들어오면 그 뒤를 따라 할머니는 큰 자배기를 머리에 이고 왔단다. 뜨물을 왜 이리 쪼끔 받아 놨어! 씨팔! 할머니는 누구를 만나도 욕으로 시작했단다. 나이가 들어 말이 새어도 욕은 할머니를 극진히 모시고 다녔단다. 할머니보다 먼저 동네에 나타났던 그것이 오지 않던 날 그것이 할머니를 모시고 먼 길 떠났단다. 할머니의 그것은 고향의 전설로 남아 동네 사람들 입에서 입으로 전해졌단다. 진지 잡수셨시유? 별일 없지유. 씨팔! 할머니를 기억하는 동네 사람들은 욕을 못 하는 사람이 없단다. 할머니 살던 집 뒤란 우물 속에서 저녁이면 씨팔, 뜨물 받아놨어? 우물물이 왜 이

리 드러워! 여보게, 이 물로 밥할 수 있수? 그 소리가 지금도
들린단다.

유배지로 떠나다

골목에서 비비총을 가지고 놀던 사내아이들이 충남 공주 31사단 훈련소로 갔다. 사내아이들이 새끼줄에 묶인 굴비처럼 어설프게 줄을 맞춰서 엮여 있다. 교관이 이름을 부를 때마다 새끼줄에서 하나씩 튀어나왔다.

건강한 대한민국 군인 되라고 말하는데 눈물이 나오려고 했다. 눈 속에 눈물을 감추려고 끔벅거리며 애를 썼다. 끔벅거린 시간만큼 앞이 깜깜했다. 철없던 아들은 걱정 말라며 위로를 했다. 의젓한 아들 앞에 어린아이가 되었다.

한밤중 남편이 우는 소리에 놀라서 깼다. 아들 앞에서 흘리지 않던 눈물 다 쏟고 코를 팽 풀고 잔다. 아들의 옷이 온 날도 남편은 옷을 붙들고 몰래 울었다.

아들의 전화를 받았다. 과녁을 향해 총 쏘는 훈련 중에 만점을 받아 삼 분 통화할 수 있는 기회를 얻었다며 총알을 쏘아대듯 떠들어대는 아들. 비비총을 가지고 놀던 때보다 총 쏘는 느낌이 나요. 과녁을 향해 총을 쏘면 골짜기에서 비명 소

리가 들려요. 누가 소리를 지르는 거 같아요. 누군가의 심장
을 향해 쏘는 거 같아 괴롭고 두려워요. 엄마 왜 총을 쏘아야
하는지 모르겠어요. 네 마음이 허해서 두려운 거야.

아들의 목소리가 메아리 되어 들렸다.

오래된 안방

　　장롱이 빠져나간다. 화장대 냉장고 빠져나간다. 장롱 뒤 노숙하던 먼지도 자리 털고 빠져나간다. 볼펜이 장롱 밑에서 나간다. 잃어버린 동전 빠져나간다. 쓰레기봉투 속에 옷이 뒤엉켜 빠져나간다. 그릇은 알몸으로 싱크대 속을 나와 신문지로 몸을 가린다.

　　안방 벽지에 희미하게 남은 핏자국 모기 떼 찢어진 방충망 사이로 나간다. 모기 잡다 잠 설친 늦여름 기억 벽에서 빠져나간다. 빈 안방 벽지를 쓰다듬는다. 잘 있어 작별 인사 한다. 고집부리며 안방에 누워 있는 슬리퍼 한 짝 달래서 빠져나간다.

　　벽 속 깊이 뿌리 내린 못 가지를 늘어트리고 싹을 틔운다. 아이들이 한글 깨치고 쓴 바보 똥깨 글씨 꿈틀거린다. 장롱 밑으로 흘러 들어간 아이들 오줌 자국 손때 묻은 수도꼭지 샤워기 빠져나가지 못한다. 빨래 삶던 찌그러진 그릇 빠져나가지 못한다. 부부 싸움 하던 소리 천장에 매달려 있다.

　　십구 년 살았던 옛집 두고 나간다. 집 그림자 길게 따라간

다. 새집으로

　　　빠져나간다.

　　　　　　빠져나간다.

　　　　　　　　　빠져나간다.

여섯 개의 관절이 간지럽다

아이들이 들썩거리며
거실로 방으로 뛰어다녔다
아래층에서 올라와
쿵쿵거리면 조치를 취하겠다고 한다
뛰어다니지 않으려고 몸을 바싹 붙이고
납작 엎드려 기어 다니다 보니
무릎에 다리가 생기려는지 간지럽다
무릎의 털이 솟는다 여섯 개의 관절이 시큰거린다
밤중에 아래층에서 피아노 연습을 하는
소리가 거실로 올라왔다 내려가고
천장으로 튀어 오르기도 한다
내장이 터질 지경이다
여섯 개의 다리를 접으며
계단을 내려가서
아래층 문을 두드렸다
피아노 소리를 줄이지 않으면
수많은 다리로
피아노 소리 속에 숨겠어요

피아노 소리가 들릴 때마다
온 집 안에 간지러운 다리들이 기어 다닐 거예요
당신들의 귀에도 들어가서 기어 다닐 거예요.

도라지꽃이 피었습니다

시장 앞 장사하는
할머니 손에 도라지꽃이 피었습니다

주름을 접으며 웃는 할머니의
얼굴에도 도라지꽃이 피었습니다

갈라진 손으로
도라지를 까는 할머니의
손톱에도
도라지꽃이 피었습니다

한여름
할머니 주름 속으로
흰 눈이 내렸습니다

좌판 위는 도라지 꽃밭
꽃밭으로 들어가
한 무더기 꽃을 들고 나왔습니다.

바이올린을 모시다

우선순위 일 위가 된 바이올린의 잔소리
비에니아프스키 협주곡 2번을 하루에도 몇 번씩
들었다
비에니아프스키 협주곡 2번을 말씀하시려고
조율하며 잔기침을 하셨다
말씀이 선포되고
숨소리조차 조심스럽게 내쉬며
눈치를 살폈다
딸의 턱밑에서 등을 곧추세우고
집 안을 휘젓고 다니며 호통을 치셨다
고개 조아리고 앉아 말씀이 끝날 때까지
쥐가 난 다리를 꼬집으며
자리를 떠나지 못했다
잔소리는 코에 침을 바를 때까지 끝나지 않았다
살그머니 일어서서 우선순위 일 위 옆을 지나며
목례를 했다.

제3부
비의 퍼포먼스

임금님 귀는 당나귀 귀

제 몸 하나 지탱 못 하고 남의 힘을 빌려 목발에 의지하고 있는 오백 년 된 은행나무 누군가 찾아와 하소연하며 막걸리를 나무에게도 권했는지 질펀하게 나무 밑동이 젖어 있다.

푸념 들어준 대가로 나눠 먹다 남은 막걸리가 나무 옆에 남아 있다. 길게 늘어뜨린 나뭇가지 막걸리 통에 걸쳐져 있다.

오백 년 동안 풍문으로 세상 모든 얘기 들어 알고 있어도 말 못 하고 속앓이 하는 은행나무 온몸에 검버섯이 피어 있다. 소리를 지르고 싶었을 텐데 나무 주위에는 대나무가 없다. 나무의 허리를 토닥여주었다.

우리 동네 가수

소주병과 손잡이가 달린 라디오를 들고 있는 그는 검정 고무줄로 묶은 낡고 작은 라디오를 분신처럼 끌어안고 다닌다.

그는 길바닥에 돗자리를 깔고 종이컵에 부은 술을 바닥에 내려놓는다.

큰절을 하고 일어서서 라디오를 튼다. 이미자의 동백 아가씨 노래가 흘러나온다.

라디오에서 나오는 노래를 큰 소리로 따라 부르면 노랫소리에 동네 골목에 사람들이 모여든다. 끔벅거리는 눈으로 빗물이 흘러내린다. 빗물은 두 손 모은 손을 지나 발밑으로 떨어진다. 꼿꼿이 서서 음악이 멈출 때까지 정중하게 치르는 예식.

그의 라디오는 삼십 년 전의 방송만 나온다.
삼십 년 전의 노래만 존재한다.

그는 우리 동네 골목 가수다.
아기 낳다가 세상을 등진 아내와 태어나지 않은 아기를 위

해 노래를 부른다. 옷을 벗어 들고 아기를 어르듯 몸을 흔들
고 한 바퀴 돌기도 한다.

옥수수 할아버지

겹겹이 입은 옥수수의 옷을 벗겼네
겉옷 벗기
고
속옷 벗기
고
뽀얀 알갱이 봤네

알갱이 속에 붙어 있는
흰 수염
밖으로 나온
붉은 수염

알갱이 개수
와
수염 숫자가
같다네

알갱이 생기면서 수염 달고

할아버지 되었다네

옥수수는
옛날에
옛날에
그 옛날에
삼 년 고개 넘지 못해
할아버지로 살았다네.

비의 퍼포먼스

하늘이 베란다에 내려앉는다
하늘을 떠받들고 목을 곧추세우던 물받이 홈통
폭우를 견디지 못하고 주저앉는다
밖의 나무를 다 지운 빗방울이 베란다에 떨어진다
빗방울은 건너편 아파트를 녹여 유리창에 구불거리며 흘러
내린다
창밖의 풍경이 사라졌다
천둥소리를 듣고 놀라서 집을 나가버린 전기
전깃불 대신에 번갯불이 잠깐 불을 밝혀준다
경계선이 사라지자 폭우는
베란다에 글자를 입력한다
두두두두 두두두 두두 두
장문을 쓰고 떠난다
구름은 다른 곳으로 이동한다
집 안을 다 차지하고 놀고 있는 빗소리와 천둥소리
번갯불은 집 안의 모든 것을 삼켰다가 뱉어낸다
천둥 번개가 사라지고 빗방울이 콩콩거리다 사라진다
집을 나갔던 전기가 깜박이며 눈치를 살피며 집 안으로 들

어오고

　번개 따라갔던 텔레비전도 돌아온다.

음치 탈출, 파도를 타다

노래방에서 노래를 부른다. 화면 배경으로 깔린 바다의 물결이 파도를 친다. 노래는 거친 파도보다 높다. 파도 노래 따라 거칠어진다. 화면이 흔들린다. 노랫소리는 벽에 부딪히고 바닥에 곤두박질하다가 천장으로 날아다닌다. 노래가 파도를 불러들인다. 파도가 화면 밖으로 튀어 나간다. 헉헉거리며 파도타기를 한다. 파도타기에 흥이 나서 머리가 흠뻑 젖었다. 박자를 쫓아다니는 손과 입이 파도보다 높이 철썩인다. 박자를 무시하고 노래를 부른다. 음악 소리는 끝났지만 노래는 끝날 줄을 모른다. 노래방 바닥은 끌어들인 바다 물결로 젖어 있다. 화면 속에서 나오지 않고 음치 노래는 끝날 줄을 모른다. 그는 바닷물에 갇혔다.

오백 년을 품다

원광명 오백 년 된 은행나무*
늘어뜨린 가지를
지탱 못 하고 쇠목발 잡고 있다

누군가 세상 푸념하고
나무와 막걸리를 나눠 먹었는지
나무 밑동이 뿌옇게 젖어 있고
먹다 남은 막걸리 뚜껑이 열려 있다

오백 년 동안 사람들의 말을
귀 기울여 듣다가
힘들어 뱉어낸 은행이
별처럼 박혀 있다.

* 보호수 지정번호 경기-광명-1. 수종 은행나무. 수령 약 500년. 수고 25미터.
  나무 둘레 5미터. 지정 일자 1982년 10월 15일. 소재지 경기도 광명시 광명
  동 581-11.

수박 서리 고백서

동네 이장이 방송하는 소리가 마을에 울려 퍼졌다.

원안2리 주민들에게 안내 방송 드립니다. 어제저녁 최○○ 원두막에서 수박 서리 하신 분은 자수를 하기 바랍니다. 수박 서리를 하러 갔으면 수박을 따 갈 일이지 우찌하여 호박을 몽땅 잘라 간 거유. 호박이 자라면 호박고지를 하고 딸내미 애기 낳으면 줄려고 몇 포기 심지 않은 걸 우쩜 그렇게 몽땅 쓰리를 해 갔는지 몰르겄슈. 원두막 주인이 화가 나서 길길이 뛰니 꼭 사과를 하고 용서를 빌기를 바래유. 세상에 우리 동네에 이런 일은 한 번도 없었시유. 외지에서 놀러 온 분이 했겄지유. 집에 외지에서 온 손님이 잘못해서 땄더라도 꼭 최 씨 집에 가서 말하길 바래유. 보신 분이나 알고 있는 분은 최 가네 집에 알리길 바래유. 난 오늘 여기까지 방송해유.

이제 고백합니다. 범인은 저의 사촌 오빠와 서울에서 놀러 온 오빠 친구입니다. 지금이라도 용서를 빕니다. 호박에 줄 긋는다고 수박 되지 않는다는 걸 깨달았습니다. 어릴 적 이장님의 방송 들은 그날 이후부터 문밖출입을 못 했습니다. 사촌 오빠와 친구들이 수박 한 통씩만 따자고 약속하고 갔습니다.

그런데 밤이라 보이지 않아 호박을 몽땅 따 왔습니다. 다행히
도 방송이 나올 때 부모님은 장에 가고 없었습니다. 용서를
빕니다. 지금이라도 호박 값을 드리고 싶습니다.

산에도 신호등이 있다

눈 덮인 겨울 산은 사람이 신호등이다
산 아래로 떨어질 수 있는 아찔한 순간에도
먼저 오르려는 사람들로 바쁘다
안개는 하늘과 산을 버무려놓았다
하늘을 향해 떠나는 숨소리만 들린다
주말에 복잡한 아파트를 탈출해서 찾아온 산
복잡한 동대문 운동장 앞이다
태백산은 교통이 꽉 막혀 오르기 힘들다
먼저 오르려고 앞지르기도 한다
오르는 사람들과 내려오는 통로가 뚫리기 기다리는
사람들로 북적거린다
한눈을 팔지 못하고 초조하게 기다린다
산은 한 무더기의 사람을 밀어내고 혼잡해진다
앞지르기 못 하고 그 자리에 갇혀 꼼짝 못하는 사람들
점점 눈사람이 되어가고 있다
눈을 뜨기가 힘들다
눈발이 사선으로 날아와 살에 박히기도 한다
태백산 정상에 있는 천제단을 먼저 차지하려고

질서를 무시하고 앞지르며 질주하는 그들
하늘까지 오르려는지 헐떡거린다
사람들로 이루어진 사람의 아파트
숨이 찬 겨울 산이
그들을 삼켰다가 뱉어내면
아파트 한 층씩 무너진다.

결혼 방법론

결혼식장 건물 옥상 비둘기들 종종걸음 친다. 여러 마리 비둘기 앞에 한 마리 비둘기가 구구 꾸룩거린다. 뾰족탑 옆 배경 삼아 합동결혼식 올리는 몇 쌍의 비둘기. 주례사의 빠른 말로 진행되었다. 꾸르륵꾸끄륵결혼식장에서비록올리지못했지만화창해서다행입니다. 꾸르륵 꾸르륵. 몇 쌍의 비둘기는 성혼 낭독 마치고 차려놓은 음식 없이 바닥에 부리 비비며 결혼식을 끝낸다. 결혼식 마친 그들 날개 펼쳐 쏟아지는 햇살 받으며 뾰족탑 한 바퀴 돌고 신혼여행 떠난다.

샹들리에 불빛이 비치는 결혼식장 안은 하객들로 발 디딜 틈이 없다. 기름진 음식 차려진 뷔페서는 음식 가득 담은 접시가 돌아다니고 그들의 입도 바쁘다. 결혼식을 올리고 예식장 밖으로 나온 신혼부부는 대기된 승용차에 오른다. 풍선에 매달려 있는 글귀가 헐떡거리며 까불리고 있다. 햇살이 차 위로 쏟아진다. 햇살을 실은 차를 타고 신혼부부는 떠난다.

동백꽃 입을 열다

베란다에 누군가 침입했다
담배 냄새가 나고 잿가루가 떨어져 있다
동백을 취조했다
어젯밤 베란다에 침입한 자가 누구냐?
입을 열 듯 벙긋거리는 동백
그자가 누군지 대라
심문관 닦달에
반쯤 입이 열려 있는 동백꽃
거실을 향해 조금씩 입을 달싹거린다
빨리 말해
동백꽃 거실에 있는
남자 향해 입을 열었다
거실에 앉아 있던 남자
활짝 핀 동백꽃 보고 눈이 커졌다
베란다에 동백꽃 만발했다.

겨울 햇볕에 몸을 내주고 싶다

겨울 오후 창문으로 쏟아지는 햇살 등지고 앉은 들깨칼국수 음식점 안은 찜질방.

등으로 쏟아지는 햇볕이 허리를 핥는다. 칼국수 긴 면이 내 속을 핥고 지나간다.

국수 그릇의 바닥 긁는 소리 들으며 뻐근한 허리 편다. 겨울 햇볕에 몸을 내주고 싶다.

담배 피우는 CF

공간적 배경 : 베란다
주연 : 담배 피우는 남자 손가락
선풍기 감독 : 담배 피우는 남자의 아내

베란다에서 담배 피우는 남자 손가락을
선풍기 바람으로 촬영한다
검지와 중지에 끼어 있는 담배 방향을 비춘다
그의 입으로 간 담배
입을 비춘다
그는 몸을 자주 움직인다
촬영하기 까다롭다
의자에 앉는다
의자에 앉은 그의 손가락을 비춘다
재떨이에 담배를 턴다
재떨이 주위를 비춘다
담배를 재떨이에 비벼 끈다
선풍기 바람 촬영으로
담배 냄새는 집 안으로 들어오지 못했다
CF 촬영은 성공적으로 끝났다.

납치 사건

　새로 산 구두와 처음 만난 발은 걸음을 뗄 때마다 발뒤꿈치가 구두 뒤꿈치 위로 올라와 서로 비비며 인사를 나눴다. 구두는 발뒤꿈치를 물어뜯거나 잡아당기지 않았다. 발은 구두를 신고 음식점 도착하여 구두를 벗고 안으로 들어갔다. 발이 음식점 안으로 들어가고 구두는 발이 나오기를 목 빼고 기다렸다. 발은 상 밑에 책상다리를 하고 앉았다. 저리고 아팠지만 시간이 지나고 감각이 사라졌다. 맞은편의 발 넷도 책상다리를 하고 있었다. 맞은편 발이 먼저 나갔다. 발은 책상다리를 풀고 일어섰다. 발가락 끝을 콕콕 찌르고 찌르르 신호도 보냈다. 발은 절룩거리며 신발장으로 걸어갔다. 신고 왔던 구두가 없고 낡은 구두 한 켤레만 있다. 발이 땅바닥을 동동 굴렀다. 음식점 주인 발이 다가왔다. 손님 중에 한 사람 입이 말했다. 좀 전에 나간 발이 신고 간 것 같은데 커피 집으로 간다고 했어요. 음식점 주인 발과 종업원의 발이 밖으로 뛰어나갔다. 한 시간 후에 음식점 주인 손이 구두를 들고 왔다. 오그라들었던 발이 긴장을 풀고 구두를 신었다. 낡은 구두를 신었을 때 서먹하고 불편함이 사라졌다. 발은 뒤꿈치를 올리고 내리기를 반복했다. 구두도 낯선 사람에게 끌려갔던 불안함을 떨쳐버리고 발을 따라갔다.

태풍의 공연

　공연 준비 무대 설치로 스태프들은 바쁘다. 공연 무대인 베란다 유리창에 신문을 붙이고 박스 테이프로 붙인다. 그 위에 물을 뿌린다. 관객을 맞이하기 위한 준비는 끝났다. 관객들은 눈을 부릅뜨고 주연배우가 나타나길 기다린다. 예정 시간보다 주연배우가 늦게 도착한다고 TV가 시끄럽게 떠든다. 관객은 배우가 출연하는 장면을 놓칠까 눈을 깜빡이지 않고 뚫어지게 무대를 본다. 스태프들은 창문에 물을 뿌리며 주연배우가 무대에 오르기 전 관객들을 흥분의 도가니로 몰아넣는다. 주연배우 등장 신호를 알고 무대 주위의 나무들이 가지를 흔들며 맞이한다. 무대에 설치된 창문이 흔들린다. 주연배우는 무대 전체를 흔들며 등장한다. 창문도 그 기세에 흔들거린다. 막은 오르고 공연이 시작된다. 두 시간 동안 진행된 공연 관객들은 눈을 떼지 못한다. 공연 내내 숨을 죽이고 동공은 크게 열려 있다. 벌린 입안이 다 보인다. 손깍지를 껴서 가슴에 대고 있는 관객도 보인다. 나무들도 가지를 흔들며 열광했다. 공연이 끝났다. 관객들은 자리를 떠나지 않는다. 주연배우 태풍이 퇴장했다. 관객들은 자리에 주저앉는다.

그대를 향해

아침 햇살처럼 빛나는 그대
나뭇잎 사이로 사라지면
눈물 머금고 뒤돌아서 가네

바람 따라온 그대 목소리
두 손 모아 살며시 잡아보네

그대 목소리는 바람 되어
두 손 가득 모아 기대고 듣네
바람 따라 떠난 그대를 향해

그대여 내 마음 보낸다오
내 마음 내 사랑 받아주오

그대가 내 마음 달래주면
내 맘 햇살처럼 피어나리

그대여 내 손 잡아주오

빛나는 그대의 햇살처럼

그대가 내 손 잡아주면
내 맘 햇살처럼 피어나리.

* 작곡가 임금수의 곡에 붙인 노랫말.

제4부

동백열차

장어의 과거

꼬리를 달고
물속을 유영하며 자유로웠을 때
머리와 내장이 있었을 때
석쇠에 오르기 전일 때
석쇠 위에서 꼬리를 흔들며 끊임없이
신호를 보냈을 때
구워졌을 때
생강과 깻잎에 싸였을 때
사람의 입으로 들어갔을 때.

이름을 불러주었을 때

몸 안에 키우던 짐승을 불러내어
이름을 지어주고
뜨거운 입김을 불어 넣었다
꿈틀대며 공중으로 튀어 올라
물방울이 되었을 때
차가운 입김으로 날려 보내고
다른 짐승을 불러내어
이름을 불러주었다
불러준 이름들이
꿈틀거렸다.

소금이 된 박제

소금 창고는 염전 햇볕 비늘 부딪치는 소리로 환하다. 빛이 눈을 찌른다. 눈이 아프다. 아직 소금이 되지 못한 물고기의 비늘이 파닥이며 서로 비비는 소리로 부산스럽다.

은빛 결정체 속에 박제가 된 물고기는 바다로 돌아갈 꿈을 꾼다. 물고기가 날렵한 몸으로 헤엄치고 숨 쉬고 살았던 바닷물은 소금 창고 안에서 비린내를 남긴다.

생존 법칙

시멘트 담장 위에 신발 신지 않고 달려온
참새가 앉아 있다
빵 냄새 맡고 종종걸음으로 발밑에서 서성이는
앞에서 빵 먹기가 민망하다

새들은 훈련받은 군인처럼
일사불란하게 한 치의 오차도 없이
고개를 절도 있게 빵 든 손이 움직일 때마다
따라 움직인다
빵이 바닥에 떨어지는 순간 고공 낙하로
빵 조각을 물고 멀리 날아간다

무리 중에 가장 작은 참새 한 마리
빵 조각이 떨어져도 다른 새가 물고 가서 번번이 놓친다
안쓰러워 작은 새 앞에 놓아주었지만
제일 큰 참새가 와서 물고 간다
그들 법칙은 약육강식이 존재한다

생존을 위해
빠른 속도로 날기 위해
먼저 쟁취하기 위해
신발의 무게조차 줄이기 위해
새들은 신발을 신지 않았다.

동백열차

　　오동도행 동백열차를 타려면 몇 가지 절차가 필요해요. 바다가 잘 보이는 매표소에서 표를 구입하면 1＋1＋1 행사에 참여할 수 있는 찬스를 얻게 되지요. 행사 쿠폰의 장점은 무한 리필이 가능하다는 것이에요.

　　구입한 쿠폰으로 동백열차를 타면 짭쪼롬한 바다 냄새를 맡을 수 있어요. 바다 냄새가 콧속에서 빠져나가기 전에 다시 맡을 수 있어요. 하얀 포말이 일어서며 지르는 소리를 맘껏 들을 수 있는 무한 리필 쿠폰 이용해보세요.

　　종착역 동백역에서는 동백꽃이 공손히 서서 안내를 하고 동백꽃의 노란 꽃술을 들여다볼 수 있어요. 조심할 것은 절벽으로 뛰어내리는 동백꽃이 안타까워 술잔을 기울이는 모습도 간혹 보게 된다는 거죠. (술잔을 기울일 수도 있어요.) 그 모습에 (취하려면 쿠폰 한 장 사용하세요.) 휩싸이면 쿠폰 한 장 취소지요.

　　주의할 점 : 동백열차 타면 마주 보고 앉은 사람과 눈 마주

치지 말 것. 흘긋거리지 말 것. 무릎이 닿지 않도록 노력할
것. 잘 안 되고 마음이 시키는 대로 하고 싶다면 사랑을 옵션
으로 신청하고 오동도행 동백열차 타보세요. 짭쪼롬한 바다
냄새 파도 소리 동백꽃 무한 리필 쿠폰 사용해보세요.

사랑 찾기

방금 들어온 긴급 뉴스를 알려드리겠습니다

빨간색 티셔츠에
빨간색 바지를 입고
빨간 구두를 신은
사랑이라는
아이를 찾습니다

말이 어눌하고
얼굴빛은 담홍색이 도는
발그레한 두 뺨을
가득 간직하고 있습니다

이 어린이를 보호하고 계시거나 보신 분은
열병의 집
3535-1010으로 연락 바랍니다.

목격자를 찾습니다

횡단보도에서 사고를 내고 뺑소니친 사람을 찾습니다

뺑소니를 친 사람은 횡단보도 건널 때 한 사람의 마음을 들
이받았습니다

사고를 당한 당사자는 간신히 몸을 추슬러 돌아갔지만 후
유증으로 식사를 못 하고 있습니다

○월 ○일 횡단보도에서 사고를 낸 사람은

상의는 파란 셔츠를 입고 하의는 청바지를 입고 있었습니다

사고를 내고 뺑소니친

이런 사람을 보셨거나 알고 있으신 분은

연락 주시면 사례하겠습니다.

막걸리에 대한 예의

흔들지 말고
부드럽게 감싸 안아
목을 조금씩 살짝 조여주세요

버둥거리며 숨을 가쁘게 몰아쉬면
쓰고 있는 모자를 벗겨
당신 왼쪽 가슴에 눕히고
뽀얀 속살이 당신 손에
닿도록 당겨 오세요

그릇에 천천히 따라주세요
당신의 쿵쿵거리는 심장 소리 듣고
수액이 튀어 올라
몸을 휘감을 수 있어요

막걸리에 대한 예의를 지켜주세요.

틈을 내어준 이유

벽은 틈을 내주지 않고
자신의 영역에 들어오는
못을 공격한다
벽은 끝내 틈을 내주지 않아
못은 튕겨져
바닥에 곤두박질한다
벽지가 붙여지고 망치 소리가 들릴 때
벽은 제 몸에 들어오는 못에게
조금씩 틈을 내주며
못과 소통한다
단단한 벽을 끌어안고 있는 못
한밤중 가끔씩 흐느끼기도 하고
제 몸을 흔들며
빠져나오려고 하면
벽은 조금씩 틈을 내준다.

반달곰 가출 사건

반달곰이 동물원 우리 밖으로 탈출했습니다.

뉴스 시간마다 TV가 떠들어댄다.

반달곰의 행방을 찾기 위해 동물원 근접한 숲으로 출동한 경찰.

동물 보호 단체에서 나온 긴 머리카락을 묶은 남자는 총을 쏘면 안 됩니다. 대화를 해야 합니다. 경찰은 허리에 찬 총을 만지작거리며 남자를 바라보고 동물 보호 단체 사람들은 동물만 보호하면 됩니까? 피해를 입는 사람이 있는데. 남자는 경찰의 손을 더듬는다.

반달곰이 나무 사이로 나타났다.

경찰이 허리에 손을 대는 동시 남자가 앞을 막아선다.

왜 이러십니까? 경찰은 남자를 노려본다. 그래도 마지막 소원을 물어보는 게 예의 아닙니까? 소원을 왜 묻습니까! 조용히 하세요! 경찰의 눈은 삼각형이 된다. 그도 할 말이 있을 겁니다. 잘 살고 있던 그곳을 왜 나왔는지 물어봅시다. 탈출이라고 하지만 일탈일 수도 있지요. 경찰은 남자의 어깨를 밀치고 앞으로 바싹 다가선다. 경찰은 눈이 일그러지며 남자를 돌아본다.

　반달곰이 나무 뒤로 사라졌다.

　반달곰이 나무 사이로 나타났다.

　경찰의 눈이 커진다. 남자는 경찰 앞으로 나서서 눈을 지그시 감고 혀를 내밀어 윗입술을 더듬으며 조심스럽게 말한다. 반달곰 씨! 우리 밖으로 나온 이유를 밝힐 수 있소. 반달곰이 입을 열었다. 난 우리가 싫소. 왜 날 그곳에 가두는 거요. 원래 내가 살던 곳으로 왔을 뿐인데 왜 탈출이라고 하십니까? 나를 사육하는 그곳이 싫소. 난 나인 채로 살고 싶다는 정당성을 밝히는 겁니다. 남자가 고개를 끄덕인다. 그렇소. 맞소. 누구도 상대방을 구속할 권리는 없다는 거요. 남자가 고개를 흔든다. 긴 머리가 흔들린다. 경찰은 남자의 행동을 보고 웃는다.

　반달곰이 나무 뒤로 사라졌다.

　미친놈! 반달곰과 말을 한다는 놈이 저 혼자 떠들고 있네.

하얀 거품을 입에 묻힌 경찰은 남자를 노려본다. 경찰 손이
허리에 찬 총을 더듬는다.

습진

곰팡이가 내 몸에 살고 있다
약효가 떨어지면 살아나는
끈질긴 집착력으로
비뚤게 자라는 손톱을 지배하며
그 속에 웅크려 자리 잡고 숨어
살을 파먹고 자라는
습진의 생명력에 경의를 표한다.

깁스

깁스한 팔에 전류가 흐른다,
쿡쿡
신호를 보낸다
송곳으로 전류를 보낸다

얼굴을 찡그리며
알았다고 신호를 보냈다

투덜거리는 소리 듣고
찌르르 찌르르

하루 종일
손끝에서 팔꿈치로
쿡쿡 찌르르 찌르르

정전된 몸에 불 들어온다고
깜박거리는 모양이다.

가을 햇볕

놀고 있는 햇볕 불러
썰어 널어놓은 호박
빨랫대에 걸어놓은 가지
말리는 일을
시켰다

햇볕은 하루 종일
움직이지 않고
호박
가지를
말리기 바쁘다

햇볕에게
물 한 그릇 떠다 줬다
목말라 다 마시고
빈 그릇만
남았다.

분꽃씨

열반에 든 분꽃은
까만 사리를 남기고 떠났다.

분꽃씨

싱크대 물이 길을 잃으면

물이 싱크대 안에서
길을 잃었다
망을 들고 들썩거렸다
싱크대는 먹은 것을 토해낸다

싱크대 물이
길을 잃으면
길 찾아가는 방법
싱크대 아래층에서 길을 내줄 것
층간 하수도는 소통을 할 것.

붕어의 외침

하룻밤 지나 굳어진 붕어 한 마리
쓰레기봉투에 버렸다
말똥하게 뜬 눈으로 바라본다.

바다로 데려다 주던지
불판으로 데려다 주던지
이대로 쓰레기봉투 속으로
사라질 수는 없다
붕어로 되돌아가게 하라
외치는 붕어.

문명 비판과 생명 예찬 사이의 거리

이승하 시인· 중앙대 교수

한국문인협회 광명시 지부장으로 있는 송명숙 시인의 시집 원고를 받았다. 아동문학과 소설 쪽에서도 활동을 하고 있는데 이번에 광명시의 창작 지원금을 받아서 시집을 내게 되었다고 한다. 오늘날 우리 문단에서 여러 장르에 걸쳐 활동하는 분들이 나오고 있는 것은 대단히 바람직한 현상이다. '문인'으로 지칭해야 될 사람은 앞으로 점점 더 많이 나올 것이다.

진열장에서 무료해진 핸드폰
발 벗고 나섰다
핸드폰 가게 앞에
사람들 발길 멈추게 하는
문구 붙여놓고

기다린다
손님을 구합니다
통화하고
문자 보내고
카톡서 만나고
게임도 할 수 있고
모든 정보를 드리겠습니다
나를 구해줄 손님을 찾습니다.
―「손님을 구합니다」 전문

　시집의 제일 앞머리를 장식하고 있는 시는 핸드폰 가게에 진열되어 있는 기기를 다룬 「손님을 구합니다」이다. 현대사회를 지칭하는 용어 중에 디지털 시대니 후기 산업사회니 하는 것도 있지만 '정보 전쟁의 시대'라는 것이 있다. 조금이라도 더 빨리 많은 정보를 가지려는 노력을 수많은 사람들이 하고 있다 보니 생겨난 용어이다. 우리는 하루에 한 번쯤은 핸드폰 가게를 지나게 되는데, 진열장 안에 도열해 있는 핸드폰들은 모두 누군가가 사 가기를 기다리고 있다. 나를 가지면 통화를 할 수 있고, 문자를 보낼 수 있고, 카톡도 할 수 있고, 게임도 할 수 있고, 엄청난 정보도 얻을 수 있다고 간절한 눈빛으로(?) 지나가는 인간을 쳐다보고 있다. 자기를 좀 가져가 달라고 그 기기들은 바깥을 보고 있지만 그것들은 금방 낡은 기종이 되어 진열장에서 사라질 것이다. 시의 운명도 그런 것이 아닐까. 시를 쓰고 책으로 묶고 판매하는 것 자체가 아날로그식 생산과 전파 방식이다. 이제 시집은 서점에서 파는 상품이 아니라 인터넷상에서 공공연히 유통되는 마음의 양 식이고 영혼의 안식처다. "손님을 구합니다"라고 하며 애처롭게 유리문 밖을 보고 있는 구舊기종의 핸드폰이나 "독자를 구합니 다"라고 하며 처량하게 서점에서 퇴색되고 있는 시집이나 다를 바 없는 신세이다. 하지만 어쩌랴, 시를 쓰다 죽는 것이 시인의 운명인 것을. 제1부의 시는 대개, 이와 같이 최첨단 문명을 구가 하는 도시적 삶의 애환을 다룬 것이다.

비밀번호가 입력된 현관문 카드
디지털 도어록은 카드를 대면 묻지도 따지지도 않고
제 몸을 내준다
카드는 수시로 디지털 도어록에 대고
소리 없는 명령을 내린다
디리리 소리로 대답하는 디지털 도어록
비밀번호로 통하는 디지털 도어록과 카드
도어록이 고장 나서 거부하기 전에는
명령하는 입장과
명을 받고 대답하는 입장으로 공존한다
　　―「디지털 도어록」 제1연

디지털 시대의 삶은 노크도 필요 없고 초인종도 필요 없다. 카드만 있으면 된다. 도어록은 고장이 나기 전까지는 오직 카드가 내리는 명령에만 반응하고 복종한다. 카드의 뒤에는 주인이 있고 기업이 있고 자본이 있다. 지하철을 타고자 개찰을 할 때, 물건을 살 때, 호텔에서 체크아웃을 할 때 현금이 없어도 된다. 앞으로는 사람과 사람 사이의 관계도 그렇게 되지 않을까? 여자의 몸에 카드를 갖다 대었을 때 반응을 하지 않는다면? 극단적인 경우라고 할 수 있겠지만 미래의 한 남자는 "몸의 비밀번호를 바꾼 여자"의 "바뀐 번호"를 몰라 여자의 몸 안으로 들어갈 수 없다. 이런 기막힌 상황을 일종의 은유로 받아들일 수도 있겠지만 현대인은 이제 카드 없이는 뭐 하나 제대로 할 수 없게 되었다. 전기가 나가면 어떻게 될 것인가? 카드 없이는 외출도 할 수 없는 현대인들은 집에만 있어야 할 것이다. 그 집은 감옥과 다를 바 없으리라.

주식을 컴퓨터에 넣고 튀긴다
부풀며 익어가는 동안
뒤집기도 하고
기름이 모자라면 새로 넣어주고
기름이 튀기면
키친타월로 닦아주며 불 조절을 했다
잠깐 한눈을 파는 동안 까맣게 타버린
주식 튀김

깡통 되었다.
　　―「주식 튀기기」 전문

　주식을 사는 사람들은 모두 앉아서 돈을 불리려고 한다. 컴퓨터 앞에 앉아 사고파는 것이 어디 주식뿐이랴. 현대인은 수많은 업무(일)와 상행위와 재테크와 놀이(게임)를 컴퓨터 앞에 앉아서 한다. 주식 투자를 하기 위해 증권회사에 가지 않아도 된다. 그런데 흡사 재래시장의 뻥튀기처럼 주식을 컴퓨터에 넣고 튀기려고 하다가는 시장 바닥에 산산이 흩어진다. 주식을 샀다가 '깡통'이 되는 경우가 얼마나 많은가. 앉아서 부자가 되고 앉아서 거지가 되는 세상, 바로 21세기 현대이다. 그래서 시인은 "말씀은 컴퓨터 안에서도 날아다니십니다 / 그들의 입을 용서하소서"(「십자가에 못 박히신 말」)라고 한 것이 아니랴. 케이블 TV를 보라. 신부님이 미사를 집전하니 각자 집에서 그것을 보며 미사에 참례할 수 있다. 목사님이 찬송가를 인도하니 따라 부르면 되고 스님이 신도들 앞에서 설법을 하니 듣고 있으면 된다. 문명이란 어찌 보면 '편리'의 역사이다. 리모컨의 등장 이전에는 하루에 스무 번은 일어나야 했지만 이제는 두 번만 일어나면 된다. 아날로그 시대에는 '켜야' 했지만 디지털 시대에는 '누르면' 된다. 아마도 가까운 미래에는 인간이 생각하면 기계가 행할 것이다. 전에는 인간이 "신의 뜻대로!" 하면서 외치고 살았는데 이제는 "나의 뜻대로!" 말하면서 기계를 부리고 살아가고 있다. 놀라운 것은 그럼으로써

인간이 기계의 노예가 되고 있다는 것이다. 문명 비판의 정신이 극명하게 드러난 시로는 이것 외에도 「생명보험」과 「복제 프로젝트」가 있다.

> 고객 말에 비위 맞추며 상품 설명하고
> 컴퓨터의 계시를 귀 기울여 듣고
> 고객의 주민등록번호와 인적 사항을
> 꼼꼼하게 컴퓨터에 입력한다
>
> 보험에 가입한 고객의 몸값이
> 컴퓨터 화면에 뜬다
>
> 언제 경매에 넘어갈지 모르는 생명을
> 백 세까지 생명보험에 저당 잡혀
> 살아간다.
> ―「생명보험」 후반부

　사람의 목숨도 상품화가 되고 값으로 계산되는 시대에 우리는 살고 있다. 보험에 가입한 고객이 이런저런 정보를 제시하면 몸값이 컴퓨터상에 뜬다. "언제 경매에 넘어갈지 모르는 생명을 / 백 세까지 생명보험에 저당 잡혀 / 살아"가는 현대인은 행복한가 불행한가. 기계 없이는 아무것도 못 하는 이 문명사회는 천국인

가 연옥인가. 교황청의 반대에도 불구하고 우리는 마침내 복제
양과 복제 소를 만들어냈다. 생명공학은 질병 퇴치에 공헌하기도
했지만 시험관아기를 낳고 줄기세포를 연구하면서 신의 권능에
도전하고 있다. 법이 허락한다면 똑같은 유전자를 지닌 복제인간
도 만들어낼 수 있게 되었다.

쇳덩이 기계는 상측과 하측이 만나
부품을 낳는다
상측 붙박이는 하측이 다가오면
하측의 교접을 받아들인다
이십 초 만에 상측은 부품 가루를
하측에게 넣어준다

하측은 끙끙거리며
복제 부품 낳느라고 산고를 치른다
상하측이 분명한 기계의 원리
공장 안은 교접 소리
복제 부품을 낳는 생산의 고통 겪는 신음 소리
철거덕 꿍 철거덕 꿍
휴대전화기 소리도 삼킨다
—「복제 프로젝트」 전반부

공장에 울려 퍼지는 것은 쇳덩이끼리의 교접 소리라고 한다. 19세기부터 이미 공장자동화 시스템의 개발로 사람은 불량품 검사나 하고, 기계와 기계가 만나 부품을 만드는 시대가 되었다. 기계가 공장에서 같은 모양의 제품을 만드는 것과 같은 원리로 생명체를 만든다면? 마침내 "복제된 부품은 박스에 실려 / 반도체 회사로 팔려" 가듯이 우리 인간도 복제 대상이 될 수 있는 시대가 되었다. "기계 앞에 서성이는 한 사람의 그림자 / 부품 가루를 들여다보며 / 복제 대상 될까 두려워 / 뒷걸음쳐 도망 나간다"고 마지막 행을 작은 글씨로 처리한 것이 의미심장하다. 우리 인간은 기계를 만지며 살아가면서 소외되고 왜소해지고 있다는 뜻이리라. 나와 흡사한 누군가가 나를 바라보고 있다면? 소름이 전신을 훑고 내려간다.

대한민국 인구의 4분의 3 이상이 대도시에서 살아가고 있다. 남자들은 술에 취해 전철 플랫폼에 누워 잠들어 있고(「자유를 누리다」), 여자들은 "꽁치 참치의 / 회사 이름과 / 유통기한을 확인하고 / 장바구니에 넣어 / 슈퍼 밖으로 나"(「유통기한」)온다. 민방위 훈련을 할 때는 남녀 공히 "지금은 실제 상황입니다 안전하게 대피하시기 바라며 / 모두 벽에 붙으시기 바랍니다"(「민방위 훈련」)란 말을 듣고 벽에 몸을 바짝 붙이기도 한다. 집집마다 주인은 사람이 아니라 가전제품이다. "냉장고 속의 물건을 꺼내려면 / 뺏기고 싶지 않아 그르렁 소리를 낸다"(「소리를 밟다」)에서처럼 기계가 주체가 되고 사람은 객체가 되는 암울한 시대를 우리는 살아가고 있다.

　기계가 큰소리를 치는 물질문명의 시대에 그 가치가 더욱 소중해지고 있는 것으로 무엇을 꼽을 수 있을까? 시인은 모성을 첫손에 꼽는다.

> 자식에게 생선 살 발라주며
> 가시만 먹던 어머니는
> 몸에 있는 살 다 발라주고
> 가시가 되었다.
> 　―「가시 사랑」 전문

　이런 자기희생의 사랑은 기계 복제, 생명 복제의 시대에는 사라져버린 것일까. 시인의 어린 시절 회상기에는 거의 언제나 어머니가 등장한다. 나의 보호자였고 스승이었고 하느님이었고 우주였던 그분은 이제 이 세상에 계시지 않는다. "어릴 적 몸에 열꽃 핀 나를 어머니는 발가벗겨 아궁이 앞에 앉혀놓고 주문을 외웠"(「열꽃」)는데 그만 "열꽃과 함께 사라"져버렸다. 제2부에 나오는 「화투와 이별」「수족관」「매실의 배꼽을 떼어주다」「기억 속을 걷다」「명주실」 등 대부분의 시는 어머니의 희생과 사랑에 의해 자라난 유년 시절에 대한 애틋한 기억의 산물이다. 어머니란 존재는 내 탄생의 근원인 자궁을 내어준 분이면서 내가 임종을 지킨, 즉 마지막까지 함께한 분이었다.

태줄의 근원인
어머니 어머니의 어머니 어머니의 어머니를
생각하니 배꼽이 간지러웠다.
―「매실의 배꼽을 떼어주다」 마지막 연

어머니는 몸에 펌프를 달고
조금씩 물을 뽑아냈다
숫자 기도 소리조차 하지 못하고
기도를 멈췄다.
―「기억 속을 걷다」 마지막 연

　포유동물인 인간은 탯줄을 통해 자양분을 공급받다가 탯줄을 끊고 세상에 나오는 생명체이다. 모녀지간의 정이야말로 인륜이며 천륜임을 말해주는 시편이 제2부를 수놓고 있는데 특이한 것은 아버지와 할머니에 대한 묘사이다. "앙다문 틀니 / 노름빚 갚지 못해 한숨 쉬는 / 아버지의 눈빛"(「아버지의 틀니」)으로 봐서 아버지는 어머니 어깨에 짐을 덜어준 사람이 아니라 올려놓은 사람이 아닌가 한다. 할머니는 친할머니인지 이웃집 할머니인지 확실치 않지만 "얌전했던 새댁은 울화병이 생겨 빨래터 우물 속 들여다보고 욕을"(「내 고향 전설」) 하여 나중에 그만 욕쟁이 할머니가 되고 만다. 예전에는 이 땅의 수많은 어머니가 자기도 모르는 사이에 고약한 시어머니가 되었는데, 일종의 대물림이었던 것이다.

시인의 가족사는 「유배지로 떠나다」와 「오래된 안방」 등에서도 펼쳐진다.

시의 공간이 어린 시절의 집에서 마을로 점차 확대된다. 시인은 시장 앞에서 장사하는 할머니 손에 핀 도라지꽃을 묘사하다가 노래와 술을 벗 삼아 살아온 동네 가수 이야기와 사촌 오빠와 오빠 친구들의 수박 서리 이야기를 펼쳐놓기도 한다.

그는 우리 동네 골목 가수다.
아기 낳다가 세상을 등진 아내와 태어나지 않은 아기를 위해 노래를 부른다. 옷을 벗어 들고 아기를 어르듯 몸을 흔들고 한 바퀴 돌기도 한다.
―「우리 동네 가수」 마지막 연

라디오(녹음기가 아닐까?)에서 나오는 이미자의 〈동백 아가씨〉를 틀어놓고 따라 부르는 그는 한마디로 한이 많은 사람이다. "끔벅거리는 눈으로 빗물이 흘러내린다. 빗물은 두 손 모은 손을 지나 발밑으로 떨어진다. 꼿꼿이 서서 음악이 멈출 때까지 정중하게 치르는 예식" 같은 대목은 독자의 심금을 울리고도 남을 것이다. 이런 슬픔의 시도 있지만 유머의 시도 있다. "동네 이장이 방송하는 소리가 마을에 울려 퍼졌다"로 시작되는 시는 사투리가 해설자의 입가에 미소를 머금게 한다.

원안2리 주민들에게 안내 방송 드립니다. 어제저녁 최○○ 원두막에서 수박 서리 하신 분은 자수를 하기 바랍니다. 수박 서리를 하러 갔으면 수박을 따 갈 일이지 우찌하여 호박을 몽땅 잘라 간 거유. 호박이 자라면 호박고지를 하고 딸내미 애기 낳으면 줄려고 몇 포기 심지 않은 걸 우쩜 그렇게 몽땅 쓰리를 해 갔는지 몰르겠슈. 원두막 주인이 화가 나서 길길이 뛰니 꼭 사과를 하고 용서를 빌기를 바래유. 세상에 우리 동네에 이런 일은 한 번도 없었시유. 외지에서 놀러 온 분이 했겄지유. 집에 외지에서 온 손님이 잘못해서 땄더라도 꼭 최 씨 집에 가서 말 하길 바래유. 보신 분이나 알고 있는 분은 최가네 집에 알리길 바래유. 난 오늘 여기까지 방송해유.
　—「수박 서리 고백서」 부분

충청도 사투리가 참 질박한데, 요점은 자수하여 광명을 찾으라 는 것이다. 이장님의 말 속에는 충청도 사람 특유의 인정이 녹아 나 있다. 꾸지람치고는 너무 약해 이 말을 듣고는 겁을 내어 자수 할 것 같지 않다.

이제 고백합니다. 범인은 저의 사촌 오빠와 서울에서 놀러 온 오빠 친구입니다. 지금이라도 용서를 빕니다. 호박에 줄 긋 는다고 수박 되지 않는다는 걸 깨달았습니다. 어릴 적 이장님 의 방송 들은 그날 이후부터 문밖출입을 못 했습니다. 사촌 오빠와 친구들이 수박 한 통씩만 따자고 약속하고 갔습니다. 그런데 밤이라 보이지 않아 호박을 몽땅 따 왔습니다. 다행히도 방송이 나올 때 부모님은 장에 가고 없었습니다. 용서를 빕니다. 지금이라도 호박 값을 드리고 싶습니다.
　　─「수박 서리 고백서」 후반부

이 시의 화자는 그날 이후 양심의 가책 때문에 고민하며 살아갔겠지만 사촌 오빠와 그의 친구들의 기억에서는 지워졌을지도 모를 일이다. 시골에서 이런 삶을 살다가 도시로 나간 화자는(시인과 동일시해도 될 듯) 식당에 갔다가 새 구두가 헌 구두로 바뀌는 경험도 하고(「납치 사건」), 노래방에서 박자를 무시하고 노래를 부르기도 한다(「음치 탈출, 파도를 타다」). 서울에서 가까운 광명시에 터전을 마련한 뒤에는 오백 년 된 은행나무에 관심을 갖게 된다.

　　원광명 오백 년 된 은행나무
　　늘어뜨린 가지를
　　지탱 못 하고 쇠목발 잡고 있다
　　─「오백 년을 품다」 제1연

오백 년 동안 풍문으로 세상 모든 얘기 들어 알고 있어도 말 못 하고 속앓이 하는 은행나무 온몸에 검버섯이 피어 있다. 소리를 지르고 싶었을 텐데 나무 주위에는 대나무가 없다. 나무의 허리를 토닥여주었다.

　—「임금님 귀는 당나귀 귀」 마지막 연

　오백 년 수령이 된 나무의 수난이 애처롭다. 임종을 앞둔 노인을 방불케 한다. 마을 입구에 있는 은행나무는 "오백 년 동안 사람들의 말을 / 귀 기울여" 들어준 벗이었다. 그 나무 밑에 취객이 와서 막걸리를 마시다가 남은 술을 뿌리기도 하는 모양이다. 말벗이고 술친구이기도 한 고령의 은행나무를 시인은 높이 기리고 싶었던 것이리라. 이런 생명 옹호의 사상은 제4부에 가서 더욱 확장된다. 이제 시인이 마련한 동백열차에 동승해보기로 하자.

　종착역 동백역에서는 동백꽃이 공손히 서서 안내를 하고 동백꽃의 노란 꽃술을 들여다볼 수 있어요. 조심할 것은 절벽으로 뛰어내리는 동백꽃이 안타까워 술잔을 기울이는 모습도 간혹 보게 된다는 거죠. (술잔을 기울일 수도 있어요.) 그 모습에 (취하려면 쿠폰 한 장 사용하세요.) 휩싸이면 쿠폰 한 장 취소지요.

　—「동백열차」 제3연

　"절벽으로 뛰어내리는 동백꽃"은 청소년이나 청년 같은 젊은이들의 자살을 말하는 것이 아닐까. 젊은이의 때 이른 죽음이 안타까워 그 누군가 술잔을 기울이는 모습을 오동도행 동백열차를 타려다가 보게 될지 모른다고 한다. 백 세 장수의 시대가 왔다고 하지만 자살률 세계 1, 2위를 다투고 있는 우리나라 현실을 보건대 무한 리필은 꿈이지 현실이 되기는 어렵지 않을까. 생명체의 생명 유지에 대한 명상은 붕어를 "바다로 데려다 주던지 / 불판으로 데려다 주던지 / 이대로 쓰레기봉투 속으로 / 사라질 수는 없다" (「붕어의 외침」) 하고 외치게 하거나, "뺑소니를 친 사람은 횡단보도 건널 때 한 사람의 마음을 들이받았습니다"(「목격자를 찾습니다」) 하고 안타까운 마음으로 곧이곧대로 말하기도 한다. "살을 파먹고 자라는 / 습진의 생명력에 경의를 표한다"(「습진」)는 발언은 사람에게 해로운 곰팡이일지라도 그들대로는 살아가려고 발버둥 치는 생명체가 아니냐는 역설적인 사고의 결과이다. 바로 그런 생각의 연장 선상에서 쓴 작품이 「반달곰 가출 사건」이다. 동물원 우리에서 반달곰이 탈출했다고 텔레비전 아나운서가 힘주어 말할 때 시인은 반달곰의 입장에 서본다. 반달곰의 입장에서 그것이 어찌 '탈출'이냐고 말한다.

난 우리가 싫소. 왜 날 그곳에 가두는 거요. 원래 내가 살던 곳으로 왔을 뿐인데 왜 탈출이라고 하십니까? 나를 사육하는 그곳이 싫소. 난 나인 채로 살고 싶다는 정당성을 밝히는 겁니다.
　　　　　—「반달곰 가출 사건」 부분

반달곰의 항변을 사람이 알아들을 리 만무하다. 결국 경찰이 손을 허리에 찬 총으로 가져가면서 시가 끝난다. 인간은 모든 생명체의 생사여탈권을 쥐고 있는데 사실 바로 이런 어마어마한 권리가 인간을 위기로 몰아가고 있다. 20세기 백 년 동안 지구 상에서 사라진 동물의 종은 이백 종이 넘는다고 한다. 21세기가 이제 고작 15년이 되어가는데 동물과 식물은 한 해에도 십여 종씩 마지막 한 마리(혹은 한 그루)가 사라지고 있다고 한다. 이런 추세로 진행이 된다면 우리 인간은 무엇을 먹고 살아갈 수 있을까? 다른 생명체와 인간이 상생의 관계가 아닌 남획과 남벌의 관계로 이어진다면 22세기가 되기 전에 큰 재앙이 올 것이다. 물론 생명체들은 '약육강식'과 '적자생존'의 법칙 아래 살아간다. 새들은 신발을 신지 않는다고 한다. "생존을 위해 / 빠른 속도로 날기 위해 / 먼저 쟁취하기 위해 / 신발의 무게조차 줄이기 위해"(「생존 법칙」)서이다.

살아 있는 것들을 가엾게 여기는 마음을 불가에서는 측은지심이라고 하고 기독교에서는 사랑 혹은 동정심이라고 한다. 스님이 불쌍한 사람을 보면 왜 보시를 하라고 하는지, 신부님이 착한 사마리아인 이야기를 왜 하는지 시인은 잘 알고 있을 것이다. 살아 있는 모든 것은 죽음이 예정되어 있는 존재, 즉 예외 없이 죽는 유한자이다. 그래서 시인은 "빨간 구두를 신은 / 사랑이라는 / 아이를 찾습니다"(「사랑 찾기」) 하고 외치고 싶었던 것이다. "열반에 든 분꽃은 / 까만 사리를 남기고 떠났다"(「분꽃씨」)라고 썼던 것이다.

그러고 보니 제1부 시편들의 문명 비판과 제4부 시편의 생명

예찬은 일맥상통하는 사상이다. 우리는 문명의 이기에 둘러싸여 살면서 자연을 얼마나 파괴하고 있는지, 뭇 생명을 어느 정도 남획하고 있는지 의식도 못 하고 있었던 것이 아닐까. 수십 년 된 나무를 베어내고 거기에다 배드민턴장과 화장실 같은 것을 만들어놓고 공원이라고 부르는 것이 인간이다. 송명숙 시인의 이런 생명 사상이 널리 전파되기를 바라면서 해설 쓰기를 여기서 그만 멈출까 한다. 광명시라는 지역을 넘어서서 우리 시단의 더욱 밝은 등불이 되기를 기원한다.